Mappa mentale dell'amore è un progetto dell'imprenditore bavarese Christian Zott e del fotografo veronese Mauro Fiorese. Durante il suo cammino lungo le coste europee, dal punto più occidentale in Portogallo a quello più orientale sul Bosforo, Christian Zott ha concepito una sorta di mappa mentale volta ad esplorare le molteplici manifestazioni dell'amore. Le sue fotografie di viaggio, per lo più istantanee spontanee e casuali, creano un suggestivo ventaglio di contrasti con gli scatti professionali di Mauro Fiorese. Dal punto di vista narrativo, il percorso per immagini del progetto trova la sua prosecuzione naturale nell'omonimo romanzo di Christian Zott.

Christian Zott è fondatore e direttore generale della mSE Solutions GmbH, una società specializzata nella gestione di catene di distribuzione con clienti in tutto il mondo e con sede a Monaco di Baviera, Lubecca, Singapore e Pittsburgh. Nel 2011 decide di sospendere il suo lavoro per compiere il viaggio dal quale nascerà il progetto: "Mappa mentale dell'amore".

^{cz}books

Titolo originale dell'opera: "Mindmap der Liebe"
Prima edizione in lingua italiana 2014
CZ Books Verlag, München
Copyright by Christian Zott

COVER
Mauro Fiorese

FOTOGRAFIA
Christian Zott

PROGETTO GRAFICO E IMPAGINAZIONE
Hans-Joachim Ellerbrock

EDITING
Dr. Andreas Klement

TRADUZIONE
Romina Tappa

EDITING DEL TESTO ITALIANO
Vertere S.r.l. - Paola Bortesi

STAMPA
tredition GmbH, Hamburg
Printed in Germany

ISBN 978-3-9816447-4-6

Mappa mentale dell'amore

Un romanzo di Christian Zott

A coloro che cercano e amano

RELAZIONE

AMORE ROMANTICO

ESORDIO
DELL'AMORE

INCERTEZZE
D'AMORE

GE

TR

MAPPA MENTALE
DELL'AMORE

AMORE ETERNO

ORE

FATO

MORTE

SUPERAMENTO

AMORE INTERESSATO

NUOVO AMORE

ODIO

VIOLENZA

DEPRESSIONE

AMORE INTERIORE

AMORE
SOLITARIO

RIMORSI

TO

AMORE
MERCENARIO

PENTIMENTI

SOLITUDINE

Per orientarsi

Quinto percorso

Sesto percorso

Settimo percorso

Ottavo percorso

Prefazione

Un piccolo porto sulla costa ligure. Sull'acqua scintillante beccheggiano le barche dipinte di rosso e di blu appena rientrate dalla battuta di pesca mattutina. Un vecchio pescatore lancia sul molo un polpo di dimensioni considerevoli. Il suo giovane aiutante scarica una cesta piena di scampi appena pescati. A terra lo attende una ragazza molto graziosa, che lo accoglie con un tenero abbraccio. Un gatto bianco con le zampe rosse dilania la testa di un pesce che qualcuno gli ha lanciato. Le onde si infrangono dolcemente contro il molo, l'aria profuma di mare e di alghe verdi.

Christian Zott è seduto in un caffè della piccola piazza e osserva l'andirivieni. È completamente immerso nel presente, assorbe colori e odori, scrutando i visi e la mimica della gente che lo circonda. Si gode la libertà di poter riflettere su nuovi argomenti e coltivare nuovi progetti. Ha alle spalle un lungo cammino di 137 giorni, molti altri ne seguiranno. I suoi pensieri vagano liberi, non più costretti a girare in circolo alla ricerca di soluzioni.

All'età di 27 anni, quando era un giovane esperto di logistica, Zott ha fondato una società di consulenza che è riuscita a cogliere molto presto i cambiamenti e le opportunità di un mercato globalizzato. Con il tempo la società si è trasformata in un gruppo aziendale di levatura internazionale, con filiali a Monaco di Baviera, Lubecca, Singapore e Pittsburgh. Dopo aver dedicato 25 anni della propria vita alla creazione e al consolidamento dell'azienda, Christian Zott si è preso la libertà di percorrere nuove strade. Voleva avere il tempo e la giusta distanza per fare una profonda riflessione personale e voleva ridefinire il proprio ruolo all'interno dell'azienda, delegando maggiori responsabilità ai suoi collaboratori. I lunghi viaggi hanno rappresentato spesso delle tappe importanti, forse anche dei punti di svolta, nella sua vita: era accaduto nella solitudine delle regioni più selvagge del Canada, in mezzo ai ghiacci artici della Groenlandia e ora nel Sud dell'Europa.

Il cammino della vita, il corso della vita, il percorso della vita – molte delle locuzioni che utilizziamo per descrivere la vita creano una chiara correlazione tra gli avvenimenti biografici e il movimento. Forse il termine che esprime meglio questo concetto è la parola evoluzione, che lega lo sviluppo personale, il divenire, con il cammino, quasi volesse suggerire che senza il movimento una biografia non può nemmeno esistere.

Anche la nascita di questo romanzo è legata ad un cammino. Christian Zott ha affrontato un viaggio di 5.000 chilometri attraverso l'Europa meridionale, percorrendo a piedi quasi 40 chilometri al giorno, dal punto più occidentale del Portogallo al confine più orientale sul Bosforo. Da europeo convinto, ha scelto consapevolmente questo percorso. E non ha viaggiato da solo: gli audiolibri delle opere fondamentali della letteratura e della filosofia europea, da Omero ad Aristotele, da Dante a Goethe, sono stati i suoi fedeli compagni di viaggio.

Durante il suo cammino lungo le coste europee ha incontrato molte persone, e con il tempo ha maturato l'idea che fosse possibile suddividere la maggior parte di esse in due gruppi: "coloro che cercano" e "coloro che amano". A loro è dedicato questo libro. Zott li ha fotografati con il suo smartphone, realizzando lungo il cammino delle istantanee spontanee e accorgendosi ben presto che anche i sui scatti, concreti o allegorici che fossero, ruotavano tutti intorno al concetto dell'amore. Alcune delle sue fotografie sono state selezionate per questo libro.

Durante il suo viaggio, Zott ha iniziato a riordinare i propri pensieri, tentando di conferire una struttura a questo grande sentimento. Per farlo, ha utilizzato una tecnica cognitiva presa in prestito dalla psicologia e dal management. In questi ambiti, una mappa mentale serve per analizzare e chiarire un determinato argomento. Applicato alla letteratura, questo metodo diventa lo strumento per descrivere le molte sfaccettature dell'amore, probabilmente il più forte tra i sentimenti umani, un concetto oggi troppo spesso banalizzato.

Il libro che ha visto la luce durante questo cammino è un'insolita riflessione sulle forme che assume, oggi, l'amore. La situazione particolare in cui il romanzo è nato è riconoscibile in diversi punti del testo, ed è particolarmente evidente se si osservano i luoghi in cui si dipana la storia. I ventuno capitoli si svolgono in venti località diverse, per la gran parte metropoli europee, ma anche scenari naturali. I vari luoghi non vengono mai nominati in modo esplicito, ma sono facilmente identificabili grazie ad alcuni dettagli caratteristici. Come ogni viaggiatore sa, con il passare del tempo i ricordi di un viaggio si offuscano, mentre alcune singole impressioni, come un dipinto o il gusto di un piatto, si fanno sempre più vivide. Allo stesso modo, nel romanzo il lettore viene condotto nei vari luoghi dell'azione attraverso dei dettagli particolari.

I singoli capitoli sono sempre concepiti come racconti brevi e indipendenti. Ciascuno degli episodi diventa così una possibile tappa di una storia d'amore universale. Si crea così una sorta di compendio delle molte manifestazioni dell'amore, con il relativo ventaglio di emozioni, dalle più elevate alle più infime, da quelle più sincere a quelle più vili, da quelle più animalesche a quelle più tenere. Non a caso i due protagonisti portano i nomi dei personaggi della famosa tragedia di Shakespeare: Romeo e Giulietta, che rappresentano la coppia più felice e al contempo la più triste della storia della letteratura.

Proprio come in un vero viaggio, alla fine di molti capitoli troviamo incroci e punti di svolta nei quali è il lettore stesso a decidere quali saranno gli sviluppi successivi della storia. In questo modo nascono undici scenari o percorsi di lettura alternativi. A ciò corrisponde una narrazione che volutamente non segue un ordine cronologico. La nostra memoria autobiografica spesso percorre vie misteriose e, quando ripensiamo ad un'esperienza vissuta, spesso ci ritorna in mente prima di tutto un momento speciale, intorno al quale viene poi ricostruito tutto il resto. Nel romanzo questi processi mnemonici vengono resi visibili mediante la narrazione, motivo per cui i salti temporali, sotto forma di retrospettive esplicative o anticipazioni, rappresentano uno dei principali strumenti stilistici utilizzati dall'autore.

Proprio come i pensieri lasciano spazio a libere associazioni, i singoli episodi sono strutturati in percezioni e ricordi in parte frammentari e in parte iperrealistici del narratore. E proprio come il cammino dell'autore rappresenta il punto di inizio e lo sfondo di questo romanzo, anche il viaggio diventa una grande metafora dell'amore.

Andreas Klement

Esordio dell'amore

Sopra di loro ruotavano con moto lento e costante le pesanti pale in legno con inserti in rattan del ventilatore. La corrente d'aria rinfrescava piacevolmente la loro pelle accaldata e imperlata di minuscole gocce di sudore. I battenti della porta che dava accesso al balcone erano spalancati e i primi raggi del sole mattutino si insinuavano nella stanza attraverso la tenda leggera. Dalla strada risaliva il chiacchierio dei commercianti e l'aria era invasa dall'odore del sesamo tostato.

Nella stanza ristagnava ancora il caldo soffocante del giorno precedente, oltre al calore della movimentata notte appena trascorsa. Lei dormiva raggomitolata su un fianco, con un sorriso angelico dipinto sul viso, mentre lui era sdraiato sulla schiena, a occhi aperti, e fissava il ventilatore e il soffitto senza vederli, perso nel folle ricordo delle ultime ore.

Era rabbrividito dal freddo il giorno prima, mentre percorreva la passerella di legno che costeggiava le file di colonne e osservava i pesci bianchi che nuotavano nell'acqua scura e limpida. "Come fanno a vivere qui", aveva pensato, ammirando con stupore le dimensioni della vecchia cisterna fatta edificare dall'imperatore Costantino molti secoli prima, un rifugio tranquillo sotto la vivace e rumorosa città sovrastante. Era arrivato al mattino presto ed era praticamente solo all'interno dell'imponente edificio quando raggiunse le teste di gorgone immerse nell'acqua a faccia in giù che fungevano da base per le colonne situate nell'area posteriore della cisterna.

Lo spettacolo che vide era sconcertante. Delle scale conducevano ad una piccola piattaforma più in basso, circondata da un bacino d'acqua. Al centro si ergeva una maestosa colonna in stile corinzio appoggiata su una grande pietra squadrata. La testa di Medusa scolpita nella pietra era rovesciata, con i capelli di serpente mezzi sommersi dall'acqua. Ma non fu questo ad irritarlo, bensì lei, con il suo abito rosso e i suoi lunghi capelli neri, che tentava invano di fare una verticale. Ad ogni nuovo tentativo cadeva a terra imprecando. "Accidenti, non puoi aiutarmi? Voglio guardare Medusa negli occhi! Voglio sapere cosa succede!" Lui le si avvicinò perplesso, la aiutò a mettersi a testa in giù e la sostenne con una mano stringendole le caviglie sottili.

Fu così che i due si trovarono per la prima volta l'uno accanto all'altra a fissare la testa della gorgone. Restarono in quella posizione per diversi minuti, senza dire una parola. Lui sbirciò furtivamente le gambe perfette e le mutandine di pizzo nero che l'abito capovolto lasciava intravedere. Più tardi avrebbe giurato e spergiurato che si era follemente innamorato di lei fin dal primo sguardo.

"Fammi scendere, non sono stata pietrificata, inoltre mi sta scoppiando la testa e fa freddo. Andiamo a bere qualcosa, io mi chiamo Giulietta." – "Io sono Romeo."

A te la scelta! Continua con ...
Amore romantico (p. 20) *oppure*
Incertezze d'amore (p. 48)

Amore romantico

Con il tempo, Romeo e Giulietta avevano sviluppato una capacità sorprendente. Entrambi erano in grado di intuire i desideri dell'altro prima ancora che venissero espressi. Tuttavia, facevano uso di questo particolare talento solo per mettere l'altro a proprio agio, senza soffocarlo di premure. Vivevano l'uno per l'altra, perché avevano trovato un loro equilibrio perfetto. Ciò che era iniziato in modo piuttosto turbolento quasi tre anni prima si era trasformato in una solida unione che offriva una libertà illimitata ad ognuno dei due.

Nella tarda primavera i crepacci erano ampi e perfettamente visibili. Nonostante questo, erano legati in cordata e scendevano lentamente lungo il fronte del ghiacciaio con il cuore in gola, costeggiando crateri, fenditure e aperture che si aprivano su voragini nere e senza fondo.

Per realizzare questo sogno, la loro prima escursione ad alta quota insieme, Romeo e Giulietta avevano risparmiato e progettato il viaggio per due anni. Solo due ore prima erano seduti con i loro zaini, le piccozze, le corde e gli sci davanti alla piccola stazione ai piedi del ghiacciaio e attendevano pieni di eccitazione il treno a scartamento ridotto che portava alla cima. I loro sguardi erano incollati alla gigantesca parete nord dell'Eiger. Il sole gettava ombre taglienti sulle fenditure nel ghiaccio che ricopriva la roccia.

Romeo e Giulietta erano scalatori esperti ma, circondati da tutte quelle cime maestose, furono sopraffatti da un senso di soggezione che mise loro i brividi. Il ghiacciaio si muoveva incessantemente sotto di loro. Potevano sentirlo scricchiolare e vedere sempre nuove spaccature aprirsi a zig zag nel ghiaccio azzurro spazzato dal vento. Continuarono a scendere lentamente, un metro dopo l'altro, separati solo dalla corda, il loro collegamento con la vita nel caso uno dei due fosse precipitato in un crepaccio. Romeo faceva da guida, il pensiero sempre rivolto a Giulietta. Giulietta lo seguiva a poca distanza, il pensiero sempre rivolto a Romeo.

Poi raggiunsero l'imponente parete di roccia grigia che emergeva verticalmente dal ghiaccio. Era proprio come l'avevano immaginata. Il primo piolo della scala di ferro che conduceva in alto si trovava alcuni metri sopra di loro. Il ghiacciaio si ritirava di anno in anno e per raggiungere il rifugio occorreva arrampicarsi su una lunga scala di metallo saldamente ancorata alla roccia. Romeo scalò i primi metri della fredda parete rocciosa e assicurò Giulietta al primo piolo della scala di ferro. Lentamente risalirono fino al rifugio che troneggiava su una piccola piattaforma di roccia come un nido d'aquila.

Erano soli, non c'era anima viva per chilometri. Il rifugio non era presidiato, e a loro andava bene così. Il sole aveva riscaldato la parete di scandole del rifugio. Romeo e Giulietta erano seduti sui loro zaini, abbracciati stretti, la schiena premuta contro la calda parete della baita. Per ore non dissero una sola parola, limitandosi ad ammirare affascinati il ghiacciaio sotto di loro. Uno stambecco attraversò al galoppo la distesa di ghiaccio fino ad una sporgenza rocciosa sull'altro lato della piccola valle glaciale. "Lo vedi?", chiese Romeo. "Sì, un animale davvero maestoso", rispose Giulietta.

Romeo sfiorò con un bacio le labbra screpolate dalla neve e dal vento di Giulietta, si alzò e iniziò a contare le file di scandole della parete del rifugio. "Una, due, tre file verso l'alto, poi tredici scandole verso destra ... Ecco, si muove!", sussurrò con un misto di soddisfazione e sollievo. Trovò la piccola scatola con l'anello per Giulietta. Era già stato qui l'anno precedente e l'aveva nascosta, per oggi, il grande giorno.

A te la scelta! Continua con ...
Relazione d'amore (p. 24) *oppure*
Amore interessato (p. 33)

Relazione d'amore

Dal basso riecheggiavano le note de *La Primavera*. Per la prima volta dopo due anni erano di nuovo tutti insieme. Erano presenti tutti e cinque i figli con i rispettivi compagni. Luisa aveva sistemato i due nipotini in una grande cesta che aveva posato sul gradino di pietra più alto del teatro.

Persino suo marito era riuscito a liberarsi dai suoi molti impegni per partecipare all'evento. Era atterrato più o meno un'ora prima e sicuramente stava cercando di farsi largo nella folla per raggiungere l'allegro gruppetto sulla gradinata più alta. Più di 20.000 persone affollavano l'anfiteatro, chi seduto, chi in piedi, chi ancora alla ricerca di un posto nelle file superiori.

Luca, un amico di Romeo, aveva messo in mano il biglietto a Costantino e ora lo stava conducendo verso l'ingresso laterale riservato ai disabili. Ovviamente non era un comportamento molto corretto perché Costantino, con i suoi quasi due metri di altezza, era una montagna d'uomo. Ma Luca fece valere i suoi buoni rapporti con le signore all'ingresso. Era nato e cresciuto qui, era una persona stimata e un donnaiolo. Un italiano con un grande cuore e una spiccata predilezione per ogni forma di bellezza.

Accanto alla cesta di Luisa era stata stesa una coperta, sulla quale finora avevano preso posto solo Romeo e Giulietta. Il resto del gruppo ammirava rapito l'antico anfiteatro edificato ai tempi dell'imperatore Tiberio. Un contesto fiabesco per le *Quattro Stagioni* di Vivaldi. Giulietta si era rannicchiata con la testa appoggiata sulle gambe di Romeo. Ascoltava con occhi lucidi e il corpo pervaso da un'ondata di felicità l'Allegro del primo concerto per violino.

Giunt'è la Primavera e testosetti
la salutan gl'augei con lieto canto,
e i fonti allo spirar de' zefferetti
*con dolce mormorio scorrono intanto. ***

Costanza, la più giovane dei cinque fratelli, dopo i drammatici avvenimenti dell'anno precedente aveva fortemente insistito perché passassero qui insieme un intero fine settimana ad esplorare i dintorni: andare al lago, cenare in quel delizioso ristorante nel vecchio porticciolo, immergersi nelle terme vicine e fare visita alla statua di Dante, per ricordare come lui, guidato da Virgilio, aveva viaggiato dall'inferno al

paradiso alla ricerca della sua defunta Beatrice.
Giulietta invece era ancora viva!

Al calar della sera, prima della rappresentazione,
Luca li portò da un amico che gestiva un risto-

rante davvero degno di nota nelle vicinanze di
Piazza delle Erbe. Il padre dell'amico in segno di
benvenuto affettò una grande quantità di salumi
diversi, che servì in tavola come antipasto.
Fu una cena chiassosa e allegra. Solo l'arrivo di un

assaggio particolare guastò per un attimo l'atmosfera serena. Come segno di cortesia, l'amico decise di servire una specialità del contadino dal quale comprava gli agnelli. Due piccoli pezzi di carne di colore rosso scuro a forma di fagiolo, serviti su un letto di radicchio. Di colpo, tutti fissarono impietriti i loro piatti. Rognoni con salsa al Barolo… Romeo e Giulietta furono i primi a scoppiare a ridere e a iniziare a mangiare.

L'anno precedente entrambi avevano attraversato l'inferno. Non per la decisione di Romeo di effettuare la donazione, quella non era mai stata in discussione. A logorarli era stato il lento trascorrere del tempo, l'insopportabile attesa della conferma che il corpo di Giulietta aveva accettato il rene trapiantato.

* *La Primavera*, Antonio Vivaldi

A te la scelta! Continua con ...
Amore eterno (p. 28) *oppure*
Fato (p. 38)

Amore eterno

Le eliche emettevano un rumore cupo mentre tracciavano una lunga linea di schiuma sullo specchio blu del mare. Un branco di delfini giocava tra le possenti onde di poppa e di prua che si separavano formando un angolo acuto che toccare l'orizzonte. Come nei giorni precedenti, il sole si immerse verticalmente nel mare, quasi al rallentatore. Quello era l'istante che Romeo e Giulietta avevano tanto atteso. Entrambi desideravano da molto tempo poter assistere almeno una volta al vero equinozio in quel luogo. Per la seconda volta quell'anno, il giorno e la notte avevano la stessa durata e pochi minuti dopo il sole si sarebbe trovato esattamente sopra l'equatore. Era il 23 settembre, a casa erano passate da poco le undici, nel posto in cui si trovavano l'orologio era avanti di sei ore.

Romeo e Giulietta erano rimasti accoccolati l'uno accanto all'altra sulle sedie a sdraio, avvolti in due pesanti coperte grigie, per l'intero pomeriggio. Ognuno aveva un bicchiere d'acqua sul tavolino accanto a sé. Il deambulatore di Romeo era appoggiato in una piccola nicchia sotto le scale che conducevano al ponte superiore.

Parlarono a lungo dei loro figli a casa, dei molti nipoti che li avevano fatti sentire ancora giovani, e si persero negli innumerevoli ricordi dei 50 anni trascorsi insieme. Risero, piansero e alla fine raggiunsero uno stato di soddisfatta rilassatezza. Come accadeva spesso, lasciarono vagare la mente tra le idee di pensatori vecchi

e nuovi, discussero dell'etica di Aristotele, di Schopenhauer e di Kant. Parlarono di quello che ci sarebbe stato dopo, dal punto di vista filosofico e religioso. La morte sarebbe stata la fine definitiva? O solo una stazione intermedia prima di una nuova vita? La morte era il passaggio ad un altro stato esistenziale nell'aldilà? "Qualunque cosa accada", disse Romeo teneramente alla sua Giulietta, "la nostra energia non si disperderà."

Bevvero un sorso d'acqua, Romeo cercò la mano di Giulietta e si lasciarono andare contro lo schienale, per godersi lo spettacolo rosso fuoco del sole al tramonto. Si fece buio e molto lentamente le loro mani scivolarono verso il basso, separandosi. Ore dopo, la hostess dell'Ocean Bar decise di portare loro altre coperte.

Esattamente un anno prima, Giulietta era tornata a casa con il suo referto medico. Da quando Romeo non riusciva più a camminare bene, doveva occuparsi da sola della casa e dell'organizzazione della loro vita in comune. Nonostante questo, entrambi erano soddisfatti e avevano ogni giorno dei momenti felici. Durante la loro lunga vita insieme, avevano avuto la fortuna di vivere molte cose belle. Giulietta si era seduta al tavolo accanto a Romeo e lo aveva guardato con occhi amorevoli e pieni di tenerezza. "Caro, mi resta ancora un anno da vivere. Forse due." Romeo le aveva preso la mano senza dire una parola ed erano rimasti in silenzio a lungo, immersi solo nel momento presente.

La successiva pianificazione della crociera si era rivelata sorprendentemente semplice. Solo i loro figli con i rispettivi partner e persino i loro nipoti avevano tentato di ostacolare i loro piani. Bisognava a tutti i costi convincerli che non erano troppo vecchi per un viaggio del genere. E pregarli, qualora fosse davvero accaduto loro qualcosa, di non perdere tempo per riportare a casa le loro salme.

Ma raggiungere il vero obiettivo del viaggio era decisamente più complicato. Da un lato, Romeo non aveva più la mobilità di una volta, dall'altro non era facile trovare i canali giusti. Ma se c'era una cosa che aveva caratterizzato tutta la sua vita, era la sua volontà incrollabile di andare fino in fondo una volta presa una decisione.

Alla fine Romeo era partito per la Svizzera in treno, per incontrare una persona in grado di rispondere a tutte le sue domande su come mettere fine alla vita in modo dignitoso. Aveva avuto l'indirizzo da un vecchio amico. La donna con cui era entrato in contatto tempo prima gli parlò con voce posata e piena di compassione. Il tempo stringeva, il loro viaggio avrebbe avuto luogo sei mesi dopo. Gli servivano solo 30 grammi di pentobarbital sodico, 15 grammi per sé, 15 grammi per Giulietta.

Amore interessato

Dall'incidente di Romeo erano già passati più di quindici anni. Era seduto sulla sedia a rotelle davanti all'ampia finestra del suo ufficio e dava le spalle alla grande scrivania in legno di quercia. Dal trentesimo piano, Romeo godeva di una magnifica vista sugli aerei che atterravano nel vicino aeroporto. Per quanto riusciva a ricordare, l'attività edilizia nell'area circostante non aveva conosciuto un attimo di sosta. L'aeroporto, che un tempo aveva dimensioni ridotte, con il passare degli anni era stato ingrandito senza una chiara struttura, fino a diventare un mostro dai mille tentacoli. Se non altro, quando doveva volare, nella sua sfortuna Romeo poteva dirsi fortunato. A causa del suo handicap e del suo status sociale, lo venivano a prendere per portarlo direttamente all'aereo.

Amava la vista dal suo ufficio, soprattutto al tramonto, quando veniva assalito da una sorta di nostalgia di luoghi lontani. In quei momenti, qualche volta avrebbe desiderato salire sul primo aereo e andare in un qualunque altro posto.

Romeo girò con abilità la sedia a rotelle di 180 gradi, tornò alla propria postazione di lavoro e rispose alle ultime e-mail della giornata. Entro mezz'ora sarebbe arrivato suo suocero per il briefing quotidiano e prima voleva discutere con la sua assistente degli impegni del giorno seguente. Non sarebbe stata una giornata facile, erano attesi dei partner commerciali provenienti dall'Asia e dal Canada e i due appuntamenti si sovrapponevano. Inoltre, in azienda quel giorno non ci sarebbe stato nessuno in grado di condurre i colloqui al posto suo. Ma le cose stavano così e non poteva farci niente. In fin dei conti, finora era sempre riuscito a gestire nel migliore dei modi ogni situazione difficile che si era presentata.

Alle otto in punto Papà fece capolino da dietro la porta e pose la domanda di rito, chiedendo a Romeo se gli desse fastidio che fumasse il sigaro nel suo ufficio. Naturalmente no, Romeo aveva fatto appositamente disinstallare i rilevatori di fumo e l'impianto antincendio anni prima. La trattativa con la compagnia assicurativa per ottenere questa deroga agli standard di sicurezza previsti per l'intero grattacielo gli era costata un patrimonio. Papà, il padre di Giulietta, aveva ereditato la banca privata dal proprio padre e l'aveva trasformata in un'azienda di successo. Aveva un'unica figlia e dal suo punto di vista ultraconservatore toccava a Romeo, in quanto marito della figlia, prendere in mano le redini dopo di lui.

Poi si era verificato quel terribile incidente. Romeo era riuscito a salvare Giulietta spingendola fuori dalla carreggiata appena in tempo, lui stesso invece era stato travolto e gravemente ferito dal camionista ubriaco. In ospedale, Papà era rimasto seduto al suo fianco per giorni. In quel momento aveva deciso che, qualunque cosa fosse accaduta, avrebbe formato lui stesso Romeo per affidargli la sua banca un giorno. Due mesi dopo era andato di persona a prendere Romeo in ospedale. Aveva appositamente acquistato un'automobile modificata, il primo veicolo aziendale di Romeo, con la quale l'uomo aveva potuto guidare personalmente fino a casa nonostante il suo handicap.

Per molto tempo Romeo e Giulietta avevano tentato di restare liberi e indipendenti. Da quando la conosceva, Giulietta si era sempre opposta con tutte le sue forze all'idea di essere vista solo come la figlia di uno degli imprenditori più in vista del paese. Voleva raggiungere i propri traguardi contando unicamente su se stessa: dal finanziamento degli studi alla sua vita con Romeo, che intendeva condurre nel modo più semplice possibile. Ora era tutto diverso. Non potevano più dedicarsi insieme al loro sport preferito, l'escursionismo, e Giulietta non voleva coltivare questo hobby da sola. Voleva essere al fianco di Romeo, sempre, anche di giorno, quando lui era assorbito dai suoi innumerevoli impegni di lavoro. Le aveva salvato la vita. Ora la sua vita apparteneva a lui.

Romeo in quegli anni poté usufruire degli insegnamenti del miglior banchiere del paese. Era uno studente brillante, e ben presto diventò un top manager stimato a livello internazionale. In più Romeo accettò una cattedra presso l'università locale, mentre si vide costretto a rifiutare un posto come professore ospite presso l'Università di Hong Kong, perché il tempo richiesto per il viaggio mal si conciliava con i suoi impegni in azienda.

Ad un certo punto Romeo aveva accettato il proprio destino ed era diventato un'altra persona. Anche la vita di Giulietta, che prima dell'incidente sognava la libertà, una vita nella natura, una famiglia numerosa e un lavoro come commessa in un negozio di articoli sportivi, era totalmente cambiata. Dopo l'incidente di Romeo non potevano più avere figli, e Giulietta passava le sue giornate in una grande villa con servitù ad attendere che l'autista riportasse Romeo a casa. L'obiettivo di Romeo ormai era uno solo: diventare il miglior banchiere del mondo.

Così l'amore tra i due si modificò. Avevano bisogno l'uno dell'altra. Giulietta aveva bisogno di Romeo, verso il quale si sentiva in debito. Romeo aveva bisogno di Papà, il quale gli aveva spalancato le porte della carriera per il proprio interesse. E aveva bisogno di Giulietta, la quale per gratitudine aveva rinunciato alla propria vita per essere sempre al suo fianco.

Fato

Giulietta teneva la testa di Romeo in grembo. Gli accarezzò i capelli appiccicosi con le mani tremanti, poi iniziò a urlare istericamente. Il corpo decapitato dell'uomo giaceva accanto a lei.

Se non fosse stato il giorno di riposo del ristorante nella Placa de les Olles, a quell'ora sicuramente sarebbero stati seduti al meraviglioso bancone del bar. Tutto veniva preparato sul momento sotto lo sguardo dei clienti: pimientos, almejas, bonito, anchoas, chipirones, navajas, pata negra, solo per cominciare. Giulietta conosceva bene Romeo: sicuramente avrebbe già ordinato la seconda bottiglia di Macabeu Penedès. Ma nel weekend il ristorante era chiuso.

Invece avevano ammirato a lungo l'enorme basilica ancora incompiuta con i suoi portali che simboleggiavano le virtù della speranza, della fede e dell'amore. Romeo e Giulietta erano totalmente sedotti dallo stile eccentrico dell'architetto, con le sue ispirazioni a prima vista incomprensibili. Lo straripante simbolismo travolgeva i sensi con impressioni difficili da afferrare e non sempre immediatamente interpretabili. Ogni volta che

i loro occhi si posavano sull'imponente fac-
ciata scoprivano qualcosa di nuovo.

Erano trascorsi molti anni dal loro primo incontro nell'antica cisterna nella città sul Bosforo. Avevano avuto una vita fortunata. Anche se
non navigavano nell'oro, i soldi erano sempre
bastati. Ogni anno si ritagliavano un finesetti-
mana per staccare la spina, esplorare la storia
di una città, riprendere contatto con se stessi e
parlare del futuro.

Il loro principale punto di riferimento era
sempre la famiglia, che negli ultimi anni si era
notevolmente allargata. Tutti e cinque i figli
erano sposati e avevano regalato loro molti
nipotini. Il legame di questa grande famiglia
era forte e si trascorreva molto tempo insieme.
Appena possibile, Romeo e Giulietta erano
in giro in bicicletta, facevano escursioni in
montagna o veleggiavano con la loro piccola
barca a vela su uno dei laghi vicini. In questo
modo si tenevano in forma e, a parte il
problema ai reni che Giulietta aveva avuto dieci
anni prima, stavano davvero bene. Per questo
ora stavano l'uno accanto all'altra davanti alla
maestosa basilica, mano nella mano, con il
cuore colmo di soggezione e gratitudine.

Dal momento che Romeo voleva ammirare la città dall'alto, mezz'ora dopo si misero in cammino per raggiungere il piccolo colle panoramico non lontano dal centro cittadino. I due attesero la tramvia blu, il tram storico che avrebbe dovuto portarli in cima. Alle loro spalle si apriva una splendida vista sull'Hotel Metropolitan, chiamato anche La Rotonda, edificato in stile modernista, che Romeo fotografò affascinato.

Anche se il vecchio tram raggiungeva a stento una velocità massima di dieci chilometri orari, il conduttore non ebbe il tempo di reagire. Il tram raggiunse la fermata senza il minimo rumore proprio nel momento in cui Romeo si sporse oltre il bordo della banchina per scattare una fotografia e cadde all'indietro sui binari. La ruota destra praticò un taglio perfetto, senza che i passeggeri del tram avvertissero la minima scossa.

A te la scelta! Continua con ...
Morte (p. 41) *oppure*
Superamento (p. 44)

Morte

La brezza leggera era favorevole, proveniva da nordest e più tardi, una volta ritirata l'ancora, avrebbe riportato la piccola barca a vela in porto. Giulietta aveva aspettato a lungo il giorno giusto. Era una notte calda e limpida e le stelle si specchiavano scintillanti nelle scure acque del lago. Tra tutte quelle stelle, pensò, c'era anche lui che posava il suo sguardo su di lei.

Si ride delle cicatrici altrui chi non ebbe a soffrir giammai ferita. *

La piccola imbarcazione beccheggiava già da diverso tempo non lontano dalla riva. Poco prima, al tramonto, Giulietta era ancora stata in grado di distinguere i contorni della croce nel lago che segnava il punto in cui annegò Ludovico II di Baviera e il profilo squadrato del castello dietro di essa. Poi l'oscurità aveva inghiottito ogni cosa.

Alla luce della torcia sistemata sulla fronte, Giulietta lesse le ultime pagine del saggio *Le Mythe de Sisyphus* di Albert Camus. L'idea di superare l'insensatezza della propria esistenza mediante la caparbia accettazione del suo

lato tragico e l'adempimento del proprio dove-
re la ossessionava fin dal tremendo incidente
dell'anno precedente.

*Amare qualcuno significa accettare d'invecchiare
con lui.*** Ribaltando la questione, questo vo-

leva dire che se perdi una persona amata sei
obbligata ad andare con lui? Giulietta lottò
invano contro la confusione nella sua mente.
Ovviamente tutta la famiglia aveva cercato di
farla reagire, si era anche rivolta a diversi te-
rapeuti, i quali le avevano detto che se voleva
uscirne doveva imparare ad amare se stessa.
Tutto inutile.

Quel pomeriggio, per la prima volta Giulietta aveva attrezzato la barca a vela da sola. Si era limitata a issare la piccola vela di prora, in fondo non aveva alcuna fretta. Ora sedeva immobile sulla barca, il libro chiuso in grembo, e osservava il cemento che si induriva. Lo aveva mescolato a casa e portato a bordo all'interno di un secchio. Quando aveva immerso i piedi nel secchio, piccole bolle erano risalite in superficie, le piante dei piedi avevano iniziato a formicolare e aveva provato una sensazione di calore. Giulietta ne era felice, di solito aveva sempre i piedi freddi.

Sollevò l'ancora lentamente e la issò a bordo con attenzione. Con grande fatica si mise a sedere sulla piccola piattaforma a poppa e spostò le gambe imprigionate nel secchio oltre la murata. Restò seduta per qualche minuto, poi alzò lo sguardo verso la sua stella e si diede una leggera spinta. Giulietta percepì chiaramente il peso ai suoi piedi toccare il fondo del lago. Fu una morte silenziosa.

* *Romeo e Giulietta*, William Shakespeare
** *Il Mito di Sisifo*, Albert Camus

Superamento

La Suite per orchestra n. 3 di Bach proveniente dagli altoparlanti faticava a sovrastare il fragore delle onde e l'infuriare della tempesta. Era come se i compagni di Ulisse avessero sciolto i lacci dell'otre nel quale erano imprigionati tutti i venti.

Si stava già facendo sera quando Luca circumnavigò finalmente l'isola più settentrionale dell'arcipelago. Per ore aveva navigato controvento verso nord, in attesa di cogliere il momento giusto. Poi all'improvviso, senza alcun preavviso, quel momento arrivò. Sulla cima del monte una forza invisibile scagliò alte fontane di lava incandescente verso il cielo notturno, le quali poi ricaddero oltre il cono del cratere in rivoli sottili e fluirono verso valle disperdendosi lungo il dorso della montagna come una rete di capillari luminescenti.

Lo spettacolo della natura in atto sulla cima del vulcano toglieva il fiato, ma la scena che si stava svolgendo sulla barca a vela ai suoi piedi non era da meno. Il mar Tirreno era in burrasca e Giulietta si aggrappò con forza al parapetto, mentre Luca combatteva contro ogni singola onda navigando controvento. Aveva davvero mantenuto la promessa che le aveva fatto alcuni giorni prima sul molo del piccolo porto dell'isola: "Ti porterò fino ai confini dell'Ade, dove potrai parlare con lui e salutarlo un'ultima

volta prima di proseguire con il tuo viaggio. Ma non prendere esempio da Orfeo, digli addio e ricomincia a vivere!" Lei aveva annuito, *sorridendo tra le lacrime *.

La morte improvvisa di Romeo aveva gettato Giulietta in una profonda disperazione. Per settimane non aveva fatto altro che vagare per la casa persa nei propri pensieri, passando da una stanza all'altra per poi ripetere il giro daccapo. Quando ne aveva avuto abbastanza, aveva iniziato a girovagare per la città. Ma i ricordi la seguivano ovunque nella sua fuga senza meta. Nella sua mente le immagini si susseguivano senza sosta, e lei non sapeva come liberarsene. Nonostante il sostegno dei suoi familiari e l'aiuto professionale la sua vita era finita fuori controllo e il desiderio di morire l'accompagnava ovunque andasse.

Poi, all'improvviso, era comparso Luca. Un giorno se lo era trovato davanti nella piccola cappella in cui aveva già acceso centinaia di candele. Luisa era andata personalmente a prenderlo in macchina in un ultimo, disperato tentativo di salvare sua madre, come gli confidò in seguito. Ci erano volute settimane per convincere Giulietta. Era molto nervosa e cercava di tranquillizzare se stessa dicendosi che, se lo avesse voluto, avrebbe potuto scendere a terra in qualunque porto. Ma il progetto di Luca era elettrizzante. Inoltre, era fermamente convinta che la notte precedente Romeo le avesse sussurrato all'orecchio: "Fallo, Giulietta!"

Con questo viaggio, Luca realizzava un sogno che coltivava da moltissimo tempo. Si era dedicato per anni alla costruzione di una barca con la quale veleggiare nel Mediterraneo, da est a ovest, per poi invertire la rotta fino ad una piccola isola greca. Avrebbe dovuto essere un viaggio sulle orme di Ulisse, con il poema di Omero sempre a portata di mano, per trovare nei suoi versi le indicazioni relative a correnti, linee di costa e luoghi mitici. "Capovolgeremo semplicemente la storia", aveva detto Luca, "questa volta a bordo ci sarà Penelope."

Invertirono la rotta per fare ritorno all'isola dalla quale erano salpati quella mattina. Il mare era ancora mosso, il vento forte, e a poppa ogni onda faceva oscillare violentemente la barca. Ma in mezzo a quelle acque agitate, Giulietta sentiva crescere dentro di sé una profonda calma. Il bagliore incandescente del vulcano sbiadì lentamente e per Giulietta fu come prendere commiato da un passato meraviglioso. In lontananza, si potevano già scorgere le luci del faro del piccolo porto, e lei si sentiva eccitata come non le accadeva da tempo all'idea di ciò che il futuro aveva ancora in serbo per lei.

* *Iliade,* Omero

Incertezze d'amore

Quando lei si truccava, lui non riusciva a smettere di toccarla. Adorava anche quando lei usciva di casa senza perizoma, indossando solo la nuda pelle sotto il vestito da sera. Facevano sesso sfrenato da più di due anni, ovunque, in qualsiasi posto, a qualunque ora.

Giulietta era china sul lavandino con il viso accostato allo specchio, intenta ad applicare sulle labbra un rossetto scuro coordinato con il suo trucco smokey eyes. Romeo era in piedi dietro di lei, rapitow dalle linee celestiali della schiena lasciata scoperta dalla profonda scollatura dell'abito. Lentamente, penetrò dentro di lei. Era la sera del loro arrivo in quella meravigliosa, antica città. Raggiunsero l'orgasmo nello stesso momento, senza un solo gemito.

Ora Romeo e Giulietta erano in piedi sulla terrazza e ammiravano i tetti della Città Eterna, pregustando la cena. Lo chef poteva vantare numerosi riconoscimenti il più importante dei quali, la terza stella Michelin, ottenuto alcuni anni prima proprio nel ristorante in cui si trovavano.

Poter contemplare dall'alto duemila anni di storia era una sensazione che toglieva il respiro. Anche Shanghai, Hong Kong e Singapore offrivano uno scenario incantevole, se si aveva la possibilità di ammirare queste città iperboliche da un punto panoramico. Ma qui era diverso. La notte era limpida e tempestata di stelle, l'aria profumava di agrumi, le luci della città sfavillavano. San Pietro, Castel Sant'Angelo, il Tevere, il Pantheon, Piazza Navona, il Colosseo, il Campo Marzio, tutto sembrava così vicino da poterlo quasi toccare. In quel momento si sentivano profondamente legati, anche se in fondo ognuno era solo con se stesso.

Romeo aveva prenotato il terzo tavolo accanto alla finestra con vista sulla cupola della basilica. Come sempre, Giulietta sorseggiò un bicchiere di Dom Pérignon Rosé del 1996. A Romeo lo champagne non piaceva. In momenti come questi lui ordinava un Pastis di Henri Bardouin, con acqua e ghiaccio serviti a parte. Preferiva prepararselo da sé.

Le successive tre ore furono una vera e propria festa dei sensi. Iniziarono con un'ombrina bocca d'oro marinata con yuzu e lemongrass, poi gustarono dei fiori di zucchina al forno con caviale accompagnati da un consommé di crostacei e zafferano. A seguire furono serviti spaghettini allo scorfano, pomodori e paprica, quindi una variazione di anatra su purea di topinambur e, per finire, una selezione di formaggi pregiati. Per accompagnare il pasto, ordinarono una bottiglia di Pouilly Fumé Silex 2010 provenien-

te dalla leggendaria vigna di Didier Dagueneau e una bottiglia di Chambolle-Musigny del 1999.

Giulietta e Romeo erano di ottimo umore. Avrebbe potuto essere una serata perfetta.

Giulietta parlava con eccitazione dei suoi acquisti da Hermès, Valentino e Gucci. Romeo si infervorava nel raccontarle cosa aveva provato davanti alla straordinaria rappresentazione del *Giudizio Universale* di Michelangelo all'interno della Cappella Sistina. In fondo, ciascuno dei due parlava con se stesso dei propri desideri e delle proprie passioni, l'altro era solo un accessorio. Ma nessuno dei due ci faceva caso, la loro vita era bella e libera da preoccupazioni finanziarie.

Ma poi, proprio alla fine di quella serata straordinaria, un piccolo dettaglio, forse una disattenzione, rovinò irrimediabilmente l'atmosfera, facendo scoppiare la bolla di felicità e aspettative fino a dissolversi. Erano arrivati all'ultima portata quando Giulietta, con un movimento lento e voluttuoso, si passò tra le labbra il coltello da formaggio per gustare anche l'ultimo residuo dell'eccellente Epoisses. I suoi occhi erano chiusi.

Quel movimento volgare per Romeo aveva qualcosa di marziale e profondamente disgustoso. Quell'unico, piccolo gesto fece crollare in un istante e con un botto fragoroso il castello di sogni che si era costruito. Non riusciva in alcun modo a conciliare l'aspetto angelico di Giulietta con l'immagine di un coltello da formaggio tra i denti. Più tardi, durante il sonno, fu tormentato da incubi nei quali Giulietta era seduta di fronte a lui con dipinta sul viso la sprezzante smorfia di Joker.

A te la scelta! Continua con ...
Gelosia (p. 53) *oppure*
Tradimento (p. 86)

Gelosia

In una turbolenta notte di passione, durante un intenso orgasmo che sembrava non voler avere mai fine, Giulietta affondò i denti nel sedere di Romeo con tale violenza che l'uomo perse per giorni la sensibilità dell'intera gamba. La ferita era molto profonda e i due discussero a lungo se non fosse il caso di recarsi al pronto soccorso. Ma era venerdì santo e si trovavano in una città dall'impronta profondamente cattolica, perciò alla fine decisero di fermare loro stessi l'emorragia per evitare l'imbarazzo di dover dare spiegazioni. Romeo contrasse i glutei e Giulietta si sedette sulla ferita, coperta da una garza, sgranocchiando dei cracker. Dal momento che non avrebbero potuto muoversi per ore, per passare il tempo guardarono uno dei loro film preferiti: *Fight Club* di David Fincher.

Alcune settimane più tardi, quando l'ematoma si riassorbì dopo aver passato in rassegna tutti i colori dell'arcobaleno ed essersi esteso fino alla coscia per via della forza di gravità, il risultato del morso di Giulietta si rivelò in tutta la sua straordinaria bellezza. Sulla ferita prima aperta si era formata una cicatrice che assomigliava in modo sbalorditivo al tatuaggio a zig zag sotto

l'occhio destro della famosa tatuatrice Kat Von
D. Il segno era un ornamento perfetto sul to-
nico sedere di Romeo. Giulietta era orgogliosa
della propria opera e dopo qualche tempo anche Romeo ci si abituò.

Giulietta frequentava quel bar, distante solo
pochi passi dall'Hofgarten, quasi ogni giorno. Il barista, un uomo di una certa età che i

capelli mossi color
argento rendevano
estremamente af-
fascinante, con un
movimento elegan-
te fece scivolare un
sottobicchiere per
la coppa di cham-
pagne di Giulietta
sul bancone del
bar. Il locale non
utilizzava i sotto-
bicchieri da birra
di cartone, che in
un contesto del ge-
nere sarebbero ap-
parsi troppo rozzi;
al loro posto, venivano serviti sottobicchieri
di carta assorbente bianca con delle immagini

stampate su un lato, che cambiavano periodicamente. Per questo Giulietta non notò subito la nuova immagine, ma quando riconobbe senza ombra di dubbio il fondoschiena di Romeo rimase impietrita.

Appena un paio di mesi prima, quella donna aveva scoperto la cicatrice di Romeo mentre si rilassavano nella sauna del loro wellness hotel preferito. Quella "stupida oca", come la chiamava Giulietta, li aveva poi raggiunti nel bar dell'albergo, aveva spiegato di essere una fotografa pubblicitaria e non li aveva lasciati in pace finché non era riuscita a convincere Romeo a farsi fotografare come il "fotomodello con il morso". Da allora Romeo, nel poco tempo libero che riusciva a ritagliarsi tra un impegno di lavoro e l'altro, era sempre in giro con lei, per far immortalare il suo famoso fondoschiena nei luoghi più belli del mondo.

Su ogni colonna Morris, in ogni rivista di moda e ora persino sui sottobicchieri del suo bar preferito faceva bella mostra di sé il sedere di Romeo con il suo morso. Giulietta non ce la faceva più, le sembrava di dover passare sotto le forche caudine. I commenti maliziosi e maligni delle sue amiche diventavano ogni giorno sempre più insopportabili.

Sempre più spesso era tormentata dai morsi della gelosia per quella fotografa bionda che aveva indotto Romeo ad allontanarsi progressivamente da lei. Nel cuore di Giulietta iniziò a germogliare un sentimento che non aveva mai provato prima. Era paura di perderlo, o era una paura esistenziale? Forse era solo l'idea irrazionale che lui potesse tradirla davanti agli occhi del mondo intero.

A te la scelta! Continua con ...
Odio (p. 57) *oppure*
Depressione (p. 74)

Odio

Giulietta stava sempre peggio. Da quando Romeo festeggiava il suo successo come fotomodello in giro per il mondo, lei era tormentata da una gelosia indecifrabile. La tradiva o no? Se Giulietta fosse stata completamente sincera con se stessa, avrebbe dovuto ammettere che un possibile tradimento di Romeo non era affatto la sua preoccupazione più grande. La sua crescente ostilità nei confronti del compagno nasceva piuttosto da un velenoso cocktail di sensazioni composto da vanità ferita, invidia e paura di perdere la faccia.

I suoi sentimenti mutavano in continuazione; un momento provava una specie di amore o almeno di affetto per Romeo, e solo un attimo dopo prendeva il sopravvento una profonda sensazione di avversione e disprezzo. Lo stato emotivo di Giulietta peggiorò in modo drammatico. Non usciva di casa per settimane. Aveva costantemente la sensazione che la servitù, dalla domestica al giardiniere, confabulasse alle sue spalle. Ben presto si convinse che tutti sapessero qualcosa che lei poteva solo sospettare.

Alla fine Giulietta trovò quello che cercava su internet: l'agenzia prometteva una sorveglianza costante, 24 ore su 24, tramite una rete mondiale di specialisti, i quali potevano produrre delle prove grazie all'utilizzo di tecnologie all'avanguardia. Veniva offerta persino una garanzia di successo per il raggiungimento dell'obiettivo prefissato. Nell'improbabile caso che Romeo non avesse fatto alcun passo falso durante la settimana di pedinamento, era possibile prenotare anche una procedura "proattiva", ovviamente pagando un sostanzioso soprapprezzo. In queste situazioni l'agenzia metteva a disposizione delle "esche attraenti", per sottoporre il coniuge ad un "test di resistenza". Sul sito erano disponibili dei questionari dettagliati, in modo da accertare che l'aspetto dell' "esca" corrispondesse il più possibile all'ideale estetico del destinatario.

Nel complesso, questo servizio era esattamente ciò di cui Giulietta aveva bisogno per arginare il suo odio bruciante per Romeo. L'unico problema era il prezzo. L'agenzia era particolarmente costosa e, anche senza contare le spese aggiuntive per il test di seduzione, veniva richiesto un importo a cinque cifre. Ma il cuore di Giulietta traboccava d'odio: incolpava Romeo della sua situazione e di conseguenza decise di far pagare direttamente a lui il conto per il pedinamento. Dal momento che Romeo le aveva sempre permesso di utilizzare liberamente le sue carte di credito, Giulietta versò senza battere ciglio un acconto dell'80 per cento, e l'agenzia iniziò il proprio lavoro.

Ogni sera alle sei Giulietta si aggirava per le stanze della loro casa in spasmodica attesa del rapporto giornaliero da parte della responsabi-

le del progetto. Era già il quarto giorno e non era ancora accaduto niente! Nonostante Romeo fosse costantemente impegnato sui set fotografici e alla sera fosse la star di ogni festa, andava sempre a dormire da solo come uno scolaretto ubbidiente e le uniche telefonate che faceva erano quelle in azienda e a sua moglie.

Giulietta schiumava di rabbia. "Accidenti, sono io che sono completamente impazzita?" si lamentava con se stessa. Non poteva sopportare l'idea di una nuova sconfitta. Tutto quello che negli ultimi tempi aveva trasformato il suo amore in gelosia e poi in odio non era nient'altro che un delirio della sua mente? Non voleva ammetterlo, non poteva accettarlo.

Accadde l'inevitabile. Una bellezza esotica con la pelle color cioccolato, slanciata come una gazzella, il giorno dopo entrò nella sala fitness dell'albergo apparentemente per caso, proprio mentre Romeo era alle prese con il suo allenamento mattutino.

A te la scelta! Continua con ...
Nuovo amore (p. 61) *oppure*
Violenza (p. 67)

Nuovo amore

Giulietta viveva sola, si era separata da Romeo già da parecchio tempo. Romeo continuava ad affermare che l'amava e che non l'aveva mai tradita, ma Giulietta non gli credeva. Il suo orgoglio ferito l'aveva spinta a chiudere la loro relazione per sempre, non ce la faceva più. Sulla sua decisione non influirono solo le opinioni di sua sorella e soprattutto di sua madre; anche molti amici non sinceri, più che altro uomini interessati a lei, la assecondavano in tutto e per tutto.

Dopo la riconquista della libertà e un rapido divorzio, Giulietta si mise a caccia. Trascorreva quasi tutte le sue serate nei club della città, vestita con abiti vistosi e piena di aspettative. Ma dopo un anno dovette infine riconoscere che gli uomini che, notte dopo notte, erano alla ricerca della felicità, alla luce del sole erano una vera e propria delusione. Si iscrisse quindi ad alcuni siti internet che promettevano di trovare in poco tempo il partner ideale per la vita. In questa fase, le abitudini di vita di Giulietta cambiarono radicalmente. Le sue amiche erano perplesse del fatto di non vederla più in pista e minacciavano scherzosamente di denunciarne la scomparsa.

Ma Giulietta viveva già in un mondo completamente diverso. La brama di trovare un nuovo compagno di vita grazie a questi siti d'incontri le assorbiva tutto il tempo. Era costantemente impegnata a rispondere ai numerosi annunci. Trovava molto difficile valutare la serietà delle offerte. Ben presto iniziò a creare delle categorie

e a classificare gli sconosciuti con i loro pseudonimi in "Perversi", "Malati di sesso", "Per una notte", "Frustrati", "Sbruffoni", "Fifoni" e "Candidati sinceri". Per molto tempo non trovò nessuno che potesse rientrare in quest'ultima categoria.

Ma un giorno le scrisse una persona che si firmava Don_Juan_111. Il numero alla fine del suo nickname faceva presupporre che in rete si aggirassero molti altri uomini che usavano lo stesso pseudonimo, ma ciò che scriveva questo Don_Juan_111 commuoveva profondamente Giulietta. Le sue frasi erano formulate in uno stile forbito e senza errori di ortografia, una caratteristica che già da sola era sufficiente per distinguerlo dalla maggior parte degli altri candidati. Ancora più sorprendenti erano gli argomenti che toccava.

Alternava sapientemente i racconti di episodi della propria vita ai sogni che lo facevano sentire vivo. Scriveva delle infinite delizie del godersi la vita, e di come potessero portare alla pazzia, parlava di egoismo, di rifiuto e di fugacità, aspetti che andavano affrontati con coscienza e dopo un'attenta riflessione. Giulietta aveva l'impressione che parlasse di cose che aveva vissuto sulla propria pelle e anche dei desideri che giacevano ancora inespressi dentro di lui. Per la prima volta, Giulietta rispose seguendo i suoi veri sentimenti, senza manipolazioni o secondi fini.

Ogni messaggio di Don_Juan_111 faceva fremere Giulietta e il suo cuore iniziava a battere più forte per l'emozione. Non riusciva a capire perché le righe anonime di uno sconosciuto la turbassero tanto. "Sono le parole scelte con cura, le sue frasi toccanti che mi impediscono di prendere sonno? Oppure è la mia speranza di avere finalmente l'occasione di essere di nuovo felice?", si chiedeva quasi ogni sera.

Giulietta e Don_Juan_111 si scrissero lettere grondanti di emozioni per più di sei mesi, ma nessuno dei due aveva il coraggio di proporre un appuntamento. Entrambi speravano con tutto il cuore che fosse l'altro a fare il primo passo. Nei loro messaggi fantasticavano su come sarebbe stato uscire dal mondo virtuale per entrare in quello reale. Ma rimandavano la risposta di giorno in giorno, mentre entrambi prima di addormentarsi speravano ardentemente di trovare un nuovo messaggio nella propria casella di posta elettronica la mattina seguente.

Quando Giulietta capì che stava scoppiando di curiosità e che non voleva più nascondersi, prese il cuore in mano e scrisse: "Dobbiamo incontrarci, Don Juan!" Evitò consapevolmente di utilizzare l'attributo "111". Don Juan rispose immediatamente con una sola frase: "Giulietta, non è solo l'amore che feconda e tiene insieme questo universo*, anche la speranza ci tiene in vita." E così concordarono il tanto desiderato primo appuntamento.

Don Juan aveva lasciato un biglietto aereo per Giulietta allo sportello dell'Iberia, insieme ad una lettera. Aveva chiuso con la sua vecchia vita anni prima, scrisse, e si era trasferito lontano. Le comunicò l'indirizzo del suo locale preferito, dove quella sera l'avrebbe aspettata con una rosa rossa.

Giulietta era seduta sull'aereo con le mani gelide per l'agitazione e ripensava per l'ennesima volta alla situazione nella quale stava andando a cacciarsi. Era ancora in tempo, avrebbe potuto tornare a casa con il primo aereo. Ma il suo cuore colmo di desiderio non glielo permise.

Era quasi riuscita a perdersi nel labirinto di vicoli del pittoresco quartiere di Santa Cruz quando raggiunse finalmente la Bodega. Dalla porta aperta si udiva un brusio di voci roche e allegre. Nonostante avesse la tentazione di fuggire, Giulietta raccolse tutto il coraggio di cui era capace e si fece largo nello stretto bar, passando accanto a tavoli pieni di gente e cameriere indaffarate, alla disperata ricerca di un uomo con una rosa. Arrivata al bancone del bar, dove si accalcavano due file di persone, Giulietta intravide una piccola rosa rossa appoggiata sul banco. Il proprietario della rosa era seduto di spalle su uno sgabello e stava conversando vivacemente con il barista. Giulietta si intrufolò tra due uomini gesticolanti e diede un colpetto sulla spalla dello sconosciuto. Don Juan si alzò e, quando si voltò, restarono entrambi impietriti. Davanti a Giulietta c'era Romeo.

* *Faust*, Johann Wolfgang von Goethe

Violenza

Cosa era vero, cosa era falso? Cosa era giusto, cosa era sbagliato? Giulietta si nascondeva dalla realtà dietro alla maschera del suo egocentrismo. Era inimmaginabile che non potesse controllare la realtà. Credeva di averne diritto, dopo essersi vista per tutta la vita come una vittima. Già da bambina non si sentiva amata e fuggiva da se stessa. Anche durante l'adolescenza addossava sempre la responsabilità per l'andamento della sua vita alle persone che la circondavano. Ciononostante, nelle relazioni era generosa, ma più per raggiungere i propri obiettivi che per vero amore. Ma quegli obiettivi si erano dissolti e non erano più raggiungibili, né per lei né per Romeo. Così si buttava letteralmente tra le braccia di chiunque incontrasse nella sua vita. Le opinioni degli altri erano alla base delle sue argomentazioni, che spesso si rivelavano contraddittorie. Si adattava alle persone che seguiva nel suo tortuoso percorso, perché voleva essere ammirata, per il suo aspetto e per i suoi pensieri.

Com'era possibile che quella bellissima donna dalla pelle scura non fosse riuscita a sedurre Romeo? Giulietta era convinta che lui avesse notato il pedinamento e che di conseguenza recitasse la parte del bravo marito fedele. Doveva andare a fondo alla questione il prima possibile, non poteva essersi sbagliata!

La giovane donna, che si chiamava Ambra, era per metà africana. Sua madre aveva dovuto coprire gli ultimi metri che la separavano da Lampedusa a nuoto, dopo che il sovraffollato barcone di profughi si era capovolto tra le onde di risacca. L'aveva salvata un giovane italiano

che stava svolgendo il servizio civile sull'isola. Più tardi, i due si erano sposati ed erano andati a vivere in Campania, dove Ambra era cresciuta, protetta da quattro fratelli, in una grande città controllata dalla Camorra.

Giulietta incontrò Ambra in un angolo incantevole della costa ligure tra Genova e le Cinque Terre. Erano sedute sulla terrazza dell'hotel riscaldata dal sole mattutino e bevevano un cappuccino. Giulietta non degnò la meravigliosa vista sul porto sottostante neanche di uno sguardo. "Perché non sei riuscita a portartelo a letto?", fu la sua prima domanda dopo alcuni brevi convenevoli.

Ambra le raccontò del suo incontro con Romeo, di come ben presto lui l'avesse invitata sul set fotografico e anche alle numerose feste. Ma era pur sempre una delle tante ragazze che erano interessate a lui, e non era così semplice mettere in pratica la richiesta di Giulietta. Inoltre, a parte qualche insignificante flirt con l'una o l'altra bella ragazza, Romeo sembrava inattaccabile. Lasciava le feste sempre da solo e anche la videocamera installata di nascosto nella sua camera d'albergo non faceva altro che confermare la sua fedeltà. Giulietta era sul punto di archiviare l'intera questione quando, come spesso accade nella vita, le cose presero una piega inaspettata.

Dopo aver chiarito i dissapori legati alla loro relazione d'affari, Ambra si rilassò e le parlò di suo fratello maggiore Carlos, che lavorava in un vigneto su una piccola isola non lontano dalla costa, dove era riuscito persino a diventare cantiniere. Una volta al mese sull'isola veniva organizzata una cena con degustazione di vini. Per il fratello di Ambra era l'ultima festa di questo tipo, tra qualche settimana avrebbe potuto lasciare l'isola.

Anni prima, Carlos aveva brutalmente accoltellato il primo ragazzo di Ambra, il quale a suo parere si era avvicinato troppo alla sorella. Dopo un breve processo era stato trasferito su questa piccola isola-prigione, dove fu scelto per il programma di reinserimento. La direzione del carcere collaborava con un rinomato produttore di vini e coltivava un vigneto sull'isola. Sotto la guida di esperti viticoltori, i detenuti producevano un vino decisamente passabile. Questa storia entusiasmò Giulietta e così la mattina seguente le due donne si incamminarono insieme per raggiungere la barca che avrebbe portato gli invitati sull'isola.

Carlos si era messo in ghingheri per la sua festa d'addio. Intorno al collo portava una catena con una sputacchiera, disegnata appositamente per il carcere, come omaggio alla raffinata arte della viticoltura. Il pendente era decorato con due piccole manette d'argento a indicare il posto speciale in cui aveva avuto luogo la sua formazione. I detenuti accolsero il gruppo di ospiti provenienti dalla terraferma e si occuparono di loro per l'intera serata culinaria. Poi Carlos prese posto al tavolo con sua sorella e Giulietta. Parlarono animatamente della vita in prigione e del programma di viticoltura che offriva a tutti i partecipanti una nuova prospettiva.

Giulietta fu attratta da Carlos fin dal primo momento. Non le piaceva solo il suo aspetto muscoloso, la affascinava anche come riuscisse a parlare e ascoltare allo stesso tempo. Non riusciva proprio a immaginarsi che quell'uomo simpatico fosse stato capace di un delitto tanto orrendo. Il suo potenziale criminale era solo sopito, o il tempo e il lavoro sull'isola-prigione lo avevano realmente cambiato? Era possibile modificare in modo duraturo il proprio carattere, o le persone in posti come questo imparavano semplicemente a controllare in modo consapevole gli abissi che avevano nell'anima?

Più tardi Giulietta raccontò a Carlos della sua infanzia infelice e della sua vita con Romeo, il quale l'aveva profondamente ferita portandola sull'orlo della pazzia. Carlos pendeva dalle sue labbra e anche un cieco avrebbe capito quanto fosse rapito da Giulietta. Quella sera, tra Giulietta e Carlos scoccò la fatidica scintilla. Prima che le due donne risalissero a bordo della barca per tornare sulla terraferma, Carlos regalò loro una bottiglia del vino di sua produzione.

Poco tempo dopo, Giulietta era di nuovo sul piccolo molo ad aspettare Carlos, che la nave dell'isola-prigione stava riportando verso la libertà. Giulietta aveva prenotato una camera d'albergo, dove i due si rifugiarono non appena Carlos mise piede a terra. Lì vissero la loro prima burrascosa notte d'amore. Giulietta restò tra le forti braccia di Carlos fino alla mattina dopo, parlandogli a più riprese della tristezza che le aveva causato l'odiato Romeo, colpevole di aver distrutto la sua vita. Ma ora aveva finalmente trovato ciò che cercava, disse a Carlos, e ne era felice. Avevano già fatto piani per il futuro e volevano gestire insieme un vigneto in Campania. Lui avrebbe prodotto il vino, lei lo avrebbe venduto. Giulietta aveva già immaginato persino l'etichetta da applicare sulle bottiglie.

Doveva solo sistemare ancora una cosa, disse Carlos, e Giulietta vide balenare nei suoi occhi una feroce determinazione. In quel momento nell'anima di Carlos divampò nuovamente il vecchio istinto di protezione. Il modello di un tempo era ancora valido.

Giorni dopo, la sezione omicidi analizzava il cadavere di un uomo che era stato strangolato con un fil di ferro spesso 1,5 millimetri, un tipo di filo metallico che di solito veniva utilizzato per la coltivazione delle vigne. Il cadavere era sdraiato sulla pancia e le mani erano legate dietro alla schiena. Il cappio intorno al collo era legato alle caviglie, le gambe erano piegate. L'uomo aveva lottato invano contro la morte, cercando di inarcare la schiena all'indietro e spingendo le gambe verso l'alto il più a lungo possibile. Ma quando i suoi muscoli avevano iniziato a tremare e non era più riuscito a tenere le gambe sollevate, era andato incontro ad una morte atroce, strangolandosi da solo. Un vecchio e collaudato metodo utilizzato dal crimine organizzato dell'Europa meridionale. La polizia si trovava di fronte ad un autentico rompicapo.

Depressione

I ragionamenti che si susseguivano ossessivamente nella mente di Giulietta non avevano alcun senso logico, ma lei non poteva farci niente. Romeo non c'era più, era stata lei stessa a cacciarlo dalla sua vita. Non avrebbe voluto farlo, ma non aveva avuto altra scelta. Non si fidava più di lui, anche se non sapeva bene perché. Non esisteva alcuna ragione concreta che giustificasse i sentimenti negativi che provava. Al sospetto seguì la disperazione, la disperazione sfociò in paura, la paura si trasformò in solitudine.

La mattina, Giulietta si svegliava a pezzi, stremata dall'incessante lotta tra ragione e sentimento. Di sera si rigirava nel letto, tormentata da pensieri confusi, e spesso passava l'intera notte insonne. Era esausta e non vedeva alcuna ragione per cercare una via d'uscita da quel tunnel buio. Pensieri orribili divoravano la sua voglia di vivere come piranha, e sembrava che la felicità fosse fuggita per sempre dalla sua vita. Era di nuovo sola, ma dopo la relazione con Romeo la solitudine era diventata insopportabile.

Volendo fuggire da se stessa, l'ultimo dell'anno Giulietta si recò nell'albergo in cui in passato andava ogni anno con Romeo. Restò seduta sulla terrazza a fissare il lago ghiacciato dall'altra parte della vale verso il Piz Rosatsch per tutto il pomeriggio, e alla fine si ritirò nella sua stanza.

Sul muro si delinearono delle sagome che si muovevano lentamente. Di tanto in tanto si fondevano tra loro, per separarsi nuovamente un attimo dopo. Il ticchettio dell'orologio sull'antico comò accanto al letto rimbombava nella solitudine buia e silenziosa della stanza.

Tic, tac, tic, tac ... Le figure scure sulla parete si muovevano a scatti al ritmo dei secondi. Dietro la vecchia porta di legno si udivano le voci sempre più forti di una chiassosa compagnia. Attraverso la fessura della porta, che lasciava penetrare nella stanza una sottile lama di luce, erano riconoscibili delle ombre. Erano in quattro, le voci si fecero più lontane, poi cessarono bruscamente quando la porta dell'ascensore si chiuse.

Tic, tac, tic, tac ... Ricomparvero le figure sulla parete. Combattevano con un unicorno che scomparve all'improvviso. Era già domani o era ancora ieri? La pallida luce della luna faceva risplendere i cristalli di ghiaccio sulle traverse delle finestre. Sembravano stelle cadute dal cielo, che non potevano scivolare all'interno della stanza solo perché i vetri lo impedivano.

Tic, tac, tic, tac ... Altro chiacchiericcio, qualcuno cercava una scarpa, risate, un bicchiere andò in mille pezzi, poi di nuovo silenzio. Sopra il comò galoppava un cavaliere solitario, la fanciulla seduta ai piedi della lampada da tavolo era triste e piangeva. Faceva freddo sotto la coperta calda. La porta dell'ascensore si aprì di nuovo, rumore di tacchi, un'ombra passò rapidamente, una porta si chiuse di schianto, silenzio.

Il rimbombo sordo dei fuochi d'artificio arrivò attutito alle sue orecchie, le stelle sulla finestra ora scintillavano di mille colori, scacciando le oscure figure sulla parete. Chiaro, scuro, chiaro, scuro. Più tardi, udì di nuovo il ticchettio, più lontano e più ovattato, *sulla soglia dell'eternità**.

La porta dell'ascensore si aprì, brusio di voci, delle ombre passarono e scivolarono via velocemente. Era già ora di alzarsi? Doveva iniziare un nuovo anno? No, era ancora buio. Le ombre ritornarono. Finalmente, le sue palpebre diventarono pesanti, il giorno arrivò, Giulietta si addormentò.

* *Vecchio nel dolore* (sulla soglia dell'Eternità), Vincent van Gogh, 1890

A te la scelta! Continua con ...
Amore interiore (p. 78) *oppure*
Amore solitario (p. 82)

Amore interiore

Il grande rosone che sovrastava i tre portali le tolse il fiato. La cattedrale gotica le ricordava tutte le chiese che aveva incontrato sul suo cammino fino a quel momento, ma soprattutto le sontuose costruzioni francesi. Giulietta era seduta ad un tavolino rotondo davanti ad un café e aveva davanti a sé un meritato bicchiere di vino blanco. Aveva portato a termine il percorso quotidiano prefissato e il giorno dopo sarebbe stato il suo giorno di riposo. Per oggi, in ogni caso, era intenzionata a non muovere più nemmeno un passo, la città l'avrebbe visitata la mattina seguente dopo colazione.

A quell'ora, la piazza era semideserta. Giulietta aveva tolto le scarpe e le calze e aveva avvicinato un'altra sedia al proprio tavolo. Iniziò a massaggiarsi i piedi con un'espressione concentrata. Con un piccolo ago bucò le vesciche piene di liquido e coprì ognuna con un cerotto. Quindi applicò sui lati dei piedi e sui talloni un taping bianco. Si assicurò scrupolosamente che sulle calze non ci fosse alcuna piega e con cautela infilò le scarpe. Alcune settimane prima, il commesso del negozio le aveva proposto quelle calzature assicurandole che non avrebbe mai sofferto di vesciche, neanche dopo delle lunghe camminate. Niente di più falso! Già dopo la prima settimana di marcia i piedi imprigionati in quegli strumenti di tortura avevano iniziato improvvisamente a gonfiarsi e a provocarle un dolore terribile. Giulietta dovette cercare in diverse farmacie prima di trovare i cerotti giusti, che non fossero troppo spessi ma comunque abbastanza robusti da non staccarsi dopo pochi metri. Ormai era diventata una vera esperta nella medicazione delle vesciche, e offriva volentieri il proprio aiuto ai compagni di sventura che incontrava lungo il percorso.

Durante la sua profonda depressione, a Giulietta era capitato in mano un libro nel quale il cammino che stava percorrendo ora era descritto con tale chiarezza e intensità, che alla fine decise di cogliere quest'ultima occasione. Era decisa a tentare il tutto per tutto per ritrovare se stessa. Troppo a lungo aveva danzato sull'orlo dell'abisso, ora voleva tornare alla vita.

Il volo verso il luogo di partenza del suo viaggio fu un vero e proprio tuffo nell'estate. Anche il semplice brillare del sole sembrava rischiarare la sua anima. Con un bagaglio troppo pesante sulle spalle, si mise in marcia, e appena due giorni dopo spedì a casa metà delle sue cose da un piccolo ufficio postale. Giulietta non iniziò il cammino in Francia, bensì in Spagna. Non se la sentiva di affrontare le alte montagne già all'inizio del viaggio e perciò come punto di partenza scelse la città medievale famosa in tutto il mondo per la sua annuale corsa dei tori. Ci volle tutto il pomeriggio per trovare il piccolo ufficio nel quale poté ritirare il suo Credencial, il documento di viaggio del pellegrino. Doveva indicare il motivo del viaggio e spiegare in che modo voleva affrontare il percorso, a piedi, a cavallo o in bicicletta. Giulietta segnò: per me stessa, a piedi.

Ben presto si accorse che tra i pellegrini c'erano molte donne spinte da motivazioni simili alle sue. Ma dopo poco tempo si stancò di tutta quella compagnia e modificò il suo itinerario giornaliero. Smise di pernottare nei tipici ricoveri per pellegrini e rimandò la partenza di un giorno. Finalmente era sola con se stessa. Teneva un diario, per mettere ordine nei suoi pensieri e fissare per iscritto tutto ciò che riteneva giusto e sbagliato nella sua vita fino a quel momento. Il motto che scrisse in alto sulla prima pagina bianca era un aforisma di Goethe: "Solo se hai visitato un posto a piedi puoi dire di es-

serci stato veramente." Ad ogni pagina che ri-
empiva si sentiva un po' più leggera.

Giulietta alzò di nuovo lo sguardo sulla meravigliosa cattedrale, due colombe si alzarono in
volo descrivendo degli ampi cerchi nell'aria e
poi si posarono sulla punta del campanile si-
nistro. Giulietta seguì il loro volo con gli occhi,
si alzò e oltrepassò l'imponente portale della
chiesa. Voleva accendere due candele, una per
sé e una per Romeo.

Amore solitario

Giulietta aprì con cautela l'arnia per estrarre i favi. Le api ronzavano intorno alla sua testa, ma era ben protetta e non poteva accederle nulla. Per gli alveari aveva scelto una posizione sopraelevata rispetto alla sua vecchia casa colonica, in mezzo alla macchia, che nella tarda primavera era ricoperta di fiori e risplendeva di mille colori. Le numerose arnie, che Giulietta aveva dipinto nello stile del suo paese natale, si trovavano su un pendio. La discesa verso casa era faticosa.

Giulietta aveva collocato le arnie con l'aiuto di un pastore dallo sguardo arcigno, con il viso segnato da profondi solchi e bruciato dal sole. Nonostante l'aspetto burbero, aveva un animo buono, e aveva aiutato Giulietta a portare la legna in cima al pendio senza risparmiarsi. Avevano costruito insieme le casette per le colonie d'api di Giulietta, ridendo e gesticolando. All'inizio riuscivano a comunicare solo a gesti, dal momento che la lingua del pastore era un incomprensibile miscuglio tra italiano e francese. La popolazione dell'isola era estremamente fiera della propria terra e della propria libertà a lungo difesa. Spesso le persone si ritrovavano nelle piccole locande dei villaggi per feste improvvisate e per cantare le loro tradizionali paghjella.

Giulietta scese lentamente lungo lo stretto sentiero, facendo attenzione a non restare impigliata nello spinoso groviglio di arbusti e rose selvatiche. Adorava il profumo intenso delle ginestre, del rosmarino, del timo e della salvia. Tutto cresceva in modo rigoglioso e in grande quantità. Per Giulietta era una gioia raccogliere le erbe lungo il pendio per poi lavorarle a casa.

Le capre dietro lo steccato le corsero incontro saltellando. La settimana precedente erano finalmente nati i cuccioli e Giulietta aveva urgentemente bisogno dell'eccedenza di latte lasciata dai capretti. Negli ultimi anni si era trasformata in un'abile produttrice di formaggi. Il suo brocciu, che preparava con grande passione, era molto apprezzato nella zona. Tra i contadini del posto, era l'unica che non fosse cresciuta lì. Aveva comprato la vecchia casa diroccata solo pochi anni prima, e imparato la difficile arte casearia con stoica calma e tenace entusiasmo.

La sua casa era ancora un mezzo cantiere, ma questo non la disturbava. Due stanze

erano finite. In una c'era un letto, nell'altra
una grande stufa, dove cucinava, lavorava
e passava la maggior parte del tempo. Sugli
scaffali sghembi accanto alle finestre erano
sistemati tutti i prodotti di Giulietta: vasetti
di miele, puro o mescolato con diversi tipi
di noci, confetture di frutti del giardino, oli

aromatizzati, e naturalmente il suo brocciu
in ogni grado di stagionatura. A Giulietta
il formaggio piaceva freschissimo, quando

aveva appena finito di sgocciolare, dolcificato con il miele al timo di sua produzione. Lo divorava a cucchiaiate.

Giulietta conduceva una vita ritirata ed evitava di andare al mercato di persona per vendere i suoi prodotti. Voleva stare sola. Durante il lungo periodo della sua depressione, per caso aveva letto un articolo su quest'isola montuosa in mezzo al Mediterraneo, e quella lettura l'aveva strappata dai suoi pensieri autodistruttivi. Il suo unico desiderio era ritrovare se stessa, in solitudine e senza pesi materiali. Aveva messo in vendita gran parte del suo patrimonio, il resto lo aveva lasciato in patria e si era imbarcata sul traghetto per l'isola accompagnata solo da una piccola valigia. La tranquillità tanto agognata l'aveva trovata in quella casa lungo il fiume che nessuno voleva, in una valle selvaggia.

Il pastore, che Giulietta ormai considerava un amico, passava da lei una volta alla settimana per portarle ciò di cui aveva bisogno. Lei gli consegnava la produzione della settimana da vendere al mercato. Il ricavato era più che sufficiente per sopravvivere e per la prima volta in vita sua si sentiva davvero libera. A volte Giulietta si meravigliava di quanto poco le bastasse per essere felice.

Tradimento

Il bar dell'albergo era un luogo di ritrovo molto rinomato in città. Aveva indubbiamente un certo charme e ricordava molto un tipico bistrò americano degli anni del proibizionismo, anche se non era paragonabile al famoso originale che si trovava nella parigina Rue Daunou.

Romeo era seduto a metà del bancone e dava le spalle al pianoforte a coda collocato su una piccola pedana dietro di lui. Il pianista era molto popolare e ne era pienamente consapevole. Il bar fremeva, ogni centimetro quadrato era stato occupato e gli ospiti si accalcavano intorno al pianista. La sua voce roca e suadente aveva quel certo non so che che faceva impazzire le donne.

Come sempre, il pubblico era molto variegato. Gli impettiti revisori dei conti in giacca e cravatta della cancelleria di fronte, che non avevano ancora trovato la strada di casa, condividevano lo spazio con eccentrici nottambuli di passaggio verso il prossimo club. Turisti e curiosi che visitavano il locale seguendo le raccomandazioni delle guide turistiche si imbattevano in ragazze squillo che a tarda ora aiutavano il barista a convincere gli ultimi irriducibili ad uscire.

Romeo non si rese nemmeno conto di questo andirivieni, il suo pensiero era ancora rivolto alle complicate trattative con la delegazione russa, che lo aveva raggiunto per discutere la sua proposta commerciale nella capitale, diventata ancora più caotica da quando erano state aperte le frontiere. Un accordo poteva essere siglato solo a costo di dolorosi compromessi. Avrebbe dovuto fondare una consociata e persino accettare di nominare direttore generale un amico del committente russo vicino al regime. Romeo doveva prendere una decisione entro la mattina seguente. I pro e i contro di questa partnership continuavano a ronzargli in testa. Aveva l'occasione di conquistare un nuovo mercato interessante, ma al contempo correva il rischio di dover sacrificare l'indipendenza della sua azienda, che aveva sempre strenuamente difeso.

Era stata una giornata lunga e difficile quella che Romeo sperava di lasciarsi alle spalle nella confusione del locale pieno di gente che si muoveva a ritmo di musica. Sul display del

suo smartphone c'erano 13 chiamate senza risposta. Anziché richiamare, ordinò il quarto
Gin Tonic e selezionò il numero di Giulietta.
Doveva assolutamente parlare con lei, aveva
bisogno di udire la sua voce e chiederle la sua
opinione, ma tanto per cambiare gli rispose
solo la segreteria telefonica. Come spesso accadeva, erano entrambi persi nel proprio mondo.

Per un po' fissò il vuoto davanti a sé, contando con aria assente i pannelli dietro al bancone del bar illuminati dalla luce soffusa. Inizialmente non si accorse delle due donne bionde che si erano accomodate sugli sgabelli accanto al suo. Era in città per la prima volta ed era molto eccitata, disse la prima donna per rompere il ghiaccio. A Romeo sembrò di capire che le due donne fossero cugine. Una veniva dalla provincia, aveva sposato il suo amore di gioventù e aveva due figli che presto sarebbero andati a scuola. L'altra viveva in città già da diversi anni e voleva fare l'attrice. Entrambe provenivano da un piccolo paese la cui variante dialettale veniva parlata con una pronuncia dura e la R arrotata. Neanche l'attrice in erba riusciva a dissimulare questa inflessione dialettale. Questo avrebbe limitato parecchio i ruoli che avrebbe potuto interpretare in futuro, considerò Romeo.

Ormai era arrivato al decimo Gin Tonic ed era molto più disponibile all'ascolto. Quando la sua amica si allontanò per un attimo, l'attrice si chinò verso Romeo con aria complice e gli disse che, dopo tutti quei noiosi anni di matrimonio, sua cugina sperava di vivere finalmente un'esperienza degna di essere ricordata, che sperava lui capisse, che le potesse aiutare, e gli chiese se aveva una stanza in quell'albergo.

Poco dopo Romeo prese l'ascensore con le due bionde. L'attrice aveva già infilato la mano nei suoi pantaloni, mentre la cugina mostrava ancora una certa ritrosia quando Romeo le sbottonò la camicetta per toccarle i seni morbidi.

A te la scelta! Continua con ...
Rimorsi (p. 91) *oppure*
Amore mercenario (p. 95)

Rimorsi

Romeo si vergognava profondamente. Aveva avuto una giornata terribile e aveva bevuto decisamente troppo, ma non avrebbe dovuto succedere. Il ricordo del suo errore riaffiorava in continuazione, anche se ormai erano passati quasi sei mesi dall'episodio.

Era tutto il giorno che vagava per la città senza una meta precisa. Prima gironzolò lungo il fiume, poi salì i quasi quattrocento gradini della magnifica cattedrale per godersi la splendida vista sull'Île de la Cité e i distretti circostanti. Più tardi passeggiò di nuovo lungo la riva nella direzione opposta, si inoltrò in una serie di stradine fino a quando si ritrovò davanti alla monumentale torre di ferro, un'icona dell'architettura famosa in tutto il mondo e ormai da tempo emblema della città. Dal momento che la fila di visitatori era troppo lunga, proseguì fino all'Arco di Trionfo, rischiò quasi di farsi investire nel traffico della rotonda e si soffermò a lungo ad ammirare il mondano e arioso viale e il grande obelisco in fondo. Poi salì le famose scale che conducevano a quello che una volta era il quartiere degli artisti nella parte nord della città. Lì aveva appuntamento con Giulietta, che quel giorno stava partecipando ad un congresso.

Dalla sera di quel malriuscito gioco a tre nella sua camera d'albergo, Romeo era tormentato da terribili rimorsi. Non era successo niente di significativo, ma si vergognava anche solo per averci provato. Romeo quella sera era talmente ubriaco che non era stato in grado di combinare nulla, nonostante gli sforzi delle due signore. Tuttavia, non era ubriaco abbastanza per non capire in che cosa era andato a cacciarsi. Quando le due cugine, che al bar gli erano sembrate piuttosto attraenti, si erano tolte i vestiti, Romeo aveva deciso che da quel momento in poi avrebbe tenuto gli occhi chiusi. Si era svegliato la mattina dopo nel suo letto, quando la cameriera, dopo aver bussato per un po', aveva avuto finalmente il coraggio di aprire la porta.

A quel punto Romeo aveva dovuto sbrigarsi per arrivare in tempo all'appuntamento con la delegazione russa. Aveva spiegato gentilmente, ma con tono fermo, che non poteva accettare la proposta di fondare insieme una società a quelle condizioni. Non aveva capito le frasi in russo che i suoi partner commerciali si erano scambiati dopo il suo discorso, ma non aveva potuto fare a meno di notare che il loro entusiasmo e la loro simpatia nei suoi confronti erano scemati drasticamente.

Durante il volo di ritorno, Romeo osservava l'ovattata coltre di nuvole sotto di lui, perso nei suoi pensieri. Da una parte era felice di non aver sacrificato l'autonomia della sua azienda, dall'altro non faceva altro che pensare a Giulietta. Negli ultimi tempi era cambiata, aveva ridotto i suoi spesso sfrenati acquisti compulsivi e si impegnava a modo suo per salvare la relazione con lui. Romeo comprendeva i segnali che lei gli mandava e vedeva che credeva in un futuro con lui. Ripercorse mentalmente tutti i bellissimi ricordi che li legavano e sussultò dallo spavento quando la hostess gli offrì un drink e gli chiese con aria preoccupata se stesse male. Romeo la guardò senza capire. Non si era accorto che aveva le guance rigate di lacrime.

Ora era seduto nella vecchia brasserie in Place du Tertre. I numerosi caricaturisti e pittori presenti nella piazza si contendevano i favori delle orde di turisti. Accanto a sé aveva un mazzo di rose rosse. Romeo era molto agitato, voleva confessare a Giulietta il suo tradimento, dirle che l'amava con tutto il cuore e chiederle perdono.

Poi la vide, radiosa nel suo vestito bianco, camminare verso la piazza dalla basilica. Sembrava fluttuare nell'aria come un angelo, si fermò, spostò una ciocca di capelli dal viso con un gesto pieno di grazia e guardò con aria interrogativa verso il locale nel quale l'aspettava Romeo. Lui si alzò e quando i loro sguardi si incontrarono le fece un cenno con la mano. Il viso di Giulietta si aprì in un dolcissimo sorriso, e Romeo ebbe la certezza che nulla avrebbe potuto separarli.

Amore mercenario

Il cuore di Romeo batteva all'impazzata, era ubriaco e stordito dal Tadalafil che aveva assunto con un alcolico. Per aumentare ulteriormente l'effetto, aveva infilato un anello intorno al suo pene eretto. L'altro laccio dell'anello stringeva i suoi testicoli gonfi. Era sdraiato sulla schiena e si sentiva senza fiato dopo le molte ore di sesso sfrenato. In mezzo a quel groviglio di corpi aveva da tempo perso la visione d'insieme della situazione. Aveva perso di vista la sua accompagnatrice, che aveva contattato via internet per questa serata, pochi minuti dopo essere entrato. Sicuramente si stava divertendo al piano inferiore dell'ampio club.

Romeo si girò sul fianco e osservò la scena che aveva davanti a sé. Almeno trenta corpi nudi e aggrovigliati si muovevano ritmicamente nella stanza buia, illuminata solo da una soffusa luce blu. Il monotono gemere e ansimare delle persone creava un sottofondo costante, solo di tanto in tanto interrotto da grida estatiche.

Proprio davanti a lui era sdraiata una donna bruna, i cui seni erano troppo grandi e troppo sodi per la sua statura e la sua età. Un uomo molto muscoloso dalla pelle scura spingeva con forza il proprio ragguardevole membro dentro la sua vagina, mentre lei era intenta a soddisfare altri due uomini con le mani. Nel

complesso, non sembrava affatto rilassante, ma per un voyeur come Romeo era senz'altro una situazione eccitante. Nell'angolo in fondo alla stanza si alzarono due donne attraenti che si avvicinarono a Romeo. Pieno di aspettativa, si rigirò di nuovo sulla schiena e chiuse gli occhi. Erano già le sei del mattino quando Romeo salì su un taxi nella Liebenberggasse in compagnia delle due donne. "Cosa diavolo sto facendo?", si domandò Romeo, improvvisamente sobrio. La sua voglia di proseguire l'orgia nella sua camera d'albergo era svanita di colpo quando, nella prima luce del mattino, aveva visto risvegliarsi la vita normale nella bella città in stile liberty. Fece fermare il taxi, diede al tassista una banconota di grosso taglio e scese velocemente. Si voltò, disgustato da se stesso, e imboccò il primo vicolo. Dopo molte deviazioni raggiunse il Burggarten e si lasciò cadere su una panchina. Romeo sapeva di soffrire di un accentuata ipersessualità, che andava ben oltre un desiderio sessuale eccessivo nei confronti delle donne. Era disperato, la sua relazione con Giulietta era andata in mille pezzi. Restò lì seduto, in lacrime, in attesa che aprisse il caffè Palmenhaus. La stagione del vino novello quest'anno era iniziata prima del solito.

A te la scelta! Continua con ...
Pentimenti (p. 98) *oppure*
Solitudine (p. 103)

Pentimenti

Romeo ce l'aveva fatta. Proprio come una volta, si erano presi un weekend libero e il venerdì pomeriggio erano saliti su un aereo. Alloggiavano in un bellissimo hotel in Piazza d'Ognissanti con vista sul fiume.

Il mattino seguente, dopo un'abbondante colazione, si incamminarono per visitare la città dei Medici. Numerosi maestri del Rinascimento avevano raggiunto l'immortalità in questo luogo, grazie al sostegno dei loro ricchi mecenati, i quali a loro volta in questo modo soddisfacevano la propria vanità. Il tempo era meraviglioso e loro passeggiarono lungo la riva del fiume in direzione del centro storico, con i suoi incantevoli vicoli e le sue bellissime piazze. Infine si ritrovarono davanti all'antico ponte sul quale erano allineati dei piccoli negozietti, un tempo saldamente in mano a conciatori e macellai. Ma ormai sul ponte sempre affollato si potevano trovare esclusivamente negozi per turisti che offrivano souvenir e gioielli. Proseguirono fino a Piazza della Signoria, dove Romeo voleva assolutamente prendere un caffè ed assaggiare la cioccolata fatta in casa del caffè all'angolo.

Alla sera furono ricevuti da Riccardo, il somme-
lier responsabile degli acquisti dell'Enoteca, il
quale li guidò nella visita della gigantesca cantina. Riccardo era un vecchio amico di Romeo, e
insistette per accompagnarli personalmente nella visita agli ampi saloni. Sugli scaffali di legno a

perdita d'occhio riposavano i vini più esclusivi
prodotti dai viticoltori più rinomati, suddivisi
per annata e etichettati a mano uno per uno. La
cantina era davvero uno spettacolo mozzafiato,
ovviamente soprattutto per le persone che ama-
vano il vino.

Il proprietario dell'eccellente ristorante era lui
stesso un grande amante del vino, e più di una
volta aveva tirato fuori dai guai i colleghi dei

ristoranti vicini, quando mancava una bottiglia particolare. Persino la cantinetta del più grande produttore di vino della città lo chiamava quando era alla ricerca di un paio di etichette rare che erano state promesse ad un buon cliente ma non erano disponibili.

Dopo tutto quello che era accaduto negli ultimi anni, avevano dovuto accadere molte cose prima che Romeo e Giulietta fossero pronti per questo viaggio. Per Romeo non fu semplice trovare uno psicoterapeuta di cui potersi fidare. Ma quando finalmente iniziò la terapia, questa si rivelò la chiave per la sua guarigione.

Romeo analizzò puntigliosamente la propria immagine di sé, diventò visibilmente più tranquillo, rallentò il suo ritmo di vita e si lasciò persino convincere a passare una settimana in un monastero in cui vigeva la regola del silenzio per stare solo con se stesso. Questo viaggio dentro alla sua anima fu molto terapeutico per Romeo. Quando tornò sembrava rinato, ricominciò a praticare sport, ridusse il proprio consumo di alcolici e ritrovò la gioia di vivere.

"Come ho potuto essere così cieco, perché l'ho capito solo ora?", chiese piangendo a Theo in una delle loro sedute. Per più di sei mesi, tre volte alla settimana, Romeo si rilassò sul divano del suo psicoterapeuta e mentore, fino a quando questo non gli propose di fare delle sedute insieme a Giulietta. Romeo balzò in piedi in preda al panico, ma Theo lo tranquillizzò con i suoi modi gentili e comprensivi, e alla fine Romeo accettò.

Inizialmente i colloqui con Giulietta nello studio di Theo erano carichi di tensione e circospezione, ma già al terzo incontro i due riuscirono a ridere ricordando l'uno o l'altro aneddoto dei vecchi tempi. Dopo la quarta seduta si salutarono con un bacio sulla guancia e tre mesi più tardi stavano progettando questo weekend insieme, anche se sotto la supervisione del terapeuta.

Dopo una giornata piena di emozioni, ora erano seduti nell'elegante ristorante in via Ghibellina e assaporavano il menu degustazione, con il quale lo chef metteva in mostra tutta la sua abilità culinaria, accompagnato da vini sublimi appositamente selezionati da Riccardo per l'occasione. Fu una serata meravigliosa, ma si era fatto tardi e Romeo voleva rientrare. Mentre andava in bagno, di nascosto pagò il conto.

Di ritorno al tavolo, i due si accomiatarono calorosamente da Giulietta e dal suo nuovo compagno. Romeo prese la mano di Theo e si incamminarono nell'aria tiepida della sera per ritornare in albergo. Il giorno seguente volevano recarsi alla Galleria dell'Accademia il più presto possibile per ammirare le incredibili proporzioni del David, la statua più bella del mondo. Giulietta seguì i due con uno sguardo pensieroso, ma con un sorriso sulle labbra. "La vita è bella", avrebbe voluto gridare a Romeo, "goditela più che puoi, perché è breve."

Solitudine

Romeo ormai si alimentava quasi esclusivamente di minestre o poltiglie. Da quando aveva perso tutti gli incisivi fino alle radici marce e le gengive intorno ai molari che gli restavano si erano ritirate, ogni morso era un vero dolore. Con una buona dose di alcol, riusciva persino a fare del sarcasmo sulla sua situazione. Ai suoi nuovi amici, i quali poco tempo prima gli avevano salvato la vita in una situazione pericolosa, spiegò con la bocca sdentata ma con una buona dose di presunzione che in quel periodo dell'anno non riceveva molti inviti a cene romantiche. E come cuoco era sempre stato negato, perciò poteva benissimo fare a meno dei denti.

A causa dei suoi anni di eccessi nell'ambiente a luci rosse, Romeo aveva progressivamente perso il contatto con la sua vita di un tempo. Dopo Giulietta, anche i suoi amici avevano preso le distanze da lui e la sua azienda ben presto era finita nelle mani di un curatore fallimentare, il quale aveva fatto di tutto per evitare la bancarotta.

Lui era caduto sempre più in basso e si era lasciato andare. Lavarsi i denti una volta alla settimana doveva bastare, e questo solo quando durante il suo vagabondare per le vie cittadine riusciva a trovare del dentifricio in qualche bidone della spazzatura. Era felice che non tutti strizzassero fino in fondo il tubetto del dentifricio o addirittura lo tagliassero per recuperare anche l'ultimo minuscolo residuo di prodotto. Più in generale, ne era convinto, in questa società ad alta velocità solo pochissime persone si preoccupavano di lasciare qualcosa anche

ai poveracci che si trovavano sul gradino più basso della scala sociale. Non pensava a un sussidio statale, la sua mente confusa aveva immaginato un sistema pratico e originale. Avrebbero tutti potuto vivere nel paese della cuccagna, spiegò ai suoi infreddoliti amici senzatetto, se ogni cittadino avesse portato a gente come loro anche solo il 10 o il 20 per cento di tutti gli alimenti che non consumava.

Il suo progetto di aprire insieme ad alcune prostitute un bordello di lusso per manager delle grandi società, parlamentari o collaboratori dei consolati e delle ambasciate, non era fallito per la carenza di richiesta, ma per il comportamento dei protettori, che rivendicavano in modo molto insistente il loro diritto di proprietà sulle signorine. Romeo, che non aveva alcuna esperienza nell'ambiente della prostituzione d'alto bordo, non aveva fatto i conti con la veemenza con la quale quella gente faceva valere le proprie ragioni.

Da serio uomo d'affari quale era stato un tempo, aveva cercato come d'abitudine di trovare un compromesso accettabile per entrambe le parti in causa. "Perché prima non analizziamo i pro e i contro di un'eventuale collaborazione?", aveva chiesto per indurre i suoi interlocutori a più miti consigli. I signori ultrapalestrati dal cranio rasato non avevano avuto nemmeno la decenza di rispondere alla sua domanda. Un pugno carnoso ma allenato aveva colpito Romeo in faccia con una violenza inaudita, e fortunatamente lui aveva perso immediatamente i sensi. Gli uomini avevano continuato a colpire il corpo steso a terra con pugni e calci senza alcuna pietà. Se i suoi nuovi amici non avessero casualmente notato la rissa e cercato aiuto, Romeo probabilmente quel giorno sarebbe morto.

Non partecipava alla vita sociale ormai da molto tempo. Non leggeva il giornale e non ascoltava i notiziari. Al contrario, voleva dimenticare tutto ed estraniarsi dalla realtà. Per riuscire a dormire, anestetizzava il proprio senso di vergogna e il gelo costante con dell'alcol di basso livello. Di solito poi andava all'Englische Garten, il grande parco al centro della città, e si sdraiava su una panchina lungo l'Eisbach, che in quel punto, vicino al museo d'arte, formava una rapida amata dai surfisti di tutto il mondo. La serata era insolitamente mite per la stagione, la città era spazzata dal fhoen caldo proveniente dalle Alpi.

Romeo era stanco della quotidiana lotta per un letto caldo e un bicchiere di vino rosso a buon mercato. Anche al livello più basso della società valevano delle regole ferree e delle rigide gerarchie. Si sdraiò sulla panchina e sprofondò in un sonno senza sogni. Non aveva sentito gli avvertimenti relativi al violento uragano che stava attraversando il paese da nord a sud a più di 140 chilometri orari, portando con sé taglienti cristalli di ghiaccio.

La tempesta raggiunse la città intorno a mezzanotte. Romeo dormiva e non si accorse di nulla. La mattina dopo fu trovato da alcuni irriducibili surfisti, che cavalcavano la famosa onda persino in questa stagione.

Ringraziamenti

Grazie a Amy Bradley e Chantal de Mür per il loro instancabile impegno, la loro disponibilità e la loro dedizione, che non è mai venuta meno fino al momento in cui il romanzo è finalmente andato in stampa.

Grazie a Hans-Joachim Ellerbrock per i molti discorsi sulla domanda "cosa feconda e tiene insieme questo universo", senza peraltro trovare una risposta definitiva. Grazie per i preziosi consigli e per aver curato il progetto grafico del libro.

Grazie a Sandra Stoller, che con il suo modo di fare accattivante e simpatico è riuscita a coordinare al meglio il lavoro di tutte le persone coinvolte e a gestire alla perfezione le scadenze nonostante i tempi stretti.

Grazie al Dott. Andreas Klement, editor e consigliere, per il suo sostegno fiducioso, professionale e persuasivo. Grazie anche per il sincero entusiasmo con cui ha accolto l'idea del libro e ha partecipato alla realizzazione del progetto.

Christian Zott

Zeitfracht Medien GmbH
Ferdinand-Jühlke-Straße 7
99095 Erfurt, Deutschland
produktsicherheit@kolibri360.de